Achdé

Pour Pierre
Bon Anniversaire

LES DAMNÉS DE LA ROUTE 2

L'homme qui murmurait à l'oreille des 2 chevaux

scénario

ACHDÉ & JENFÈVRE

dessin

ACHDÉ

Couleurs

David LUNVEN

BAMBOO ÉDITION

www.bamboo.fr

116, rue des Jonchères - BP 3
71012 CHARNAY-lès-MÂCON cedex
tél. 03 85 34 99 09 - fax 03 85 34 47 55
Site Web : www.bamboo.fr
E-mail : bamboo@bamboo.fr

CINQUIÈME ÉDITION
Dépôt légal : novembre 2005
ISBN 2-912715-31-8

Imprimé en France par PPO Graphic, 93500 Pantin
Printed in France

BRAAAA!
BRAA
BONK!
RUE HAUTE
MAMAAN!
GOW!
BOUF!
OUAAAAA!
GOW!
BLONK!
GOW!
OOOOOH!
GARAGE DELC
ENTRÉE DES ARTISTES
DITES, J'AURAIS 2 MOTS À VOUS DIRE CONCERNANT VOS FAMEUX AMORTISSEURS AUSTRALIENS QUE VOUS M'AVEZ INSTALLÉS !!

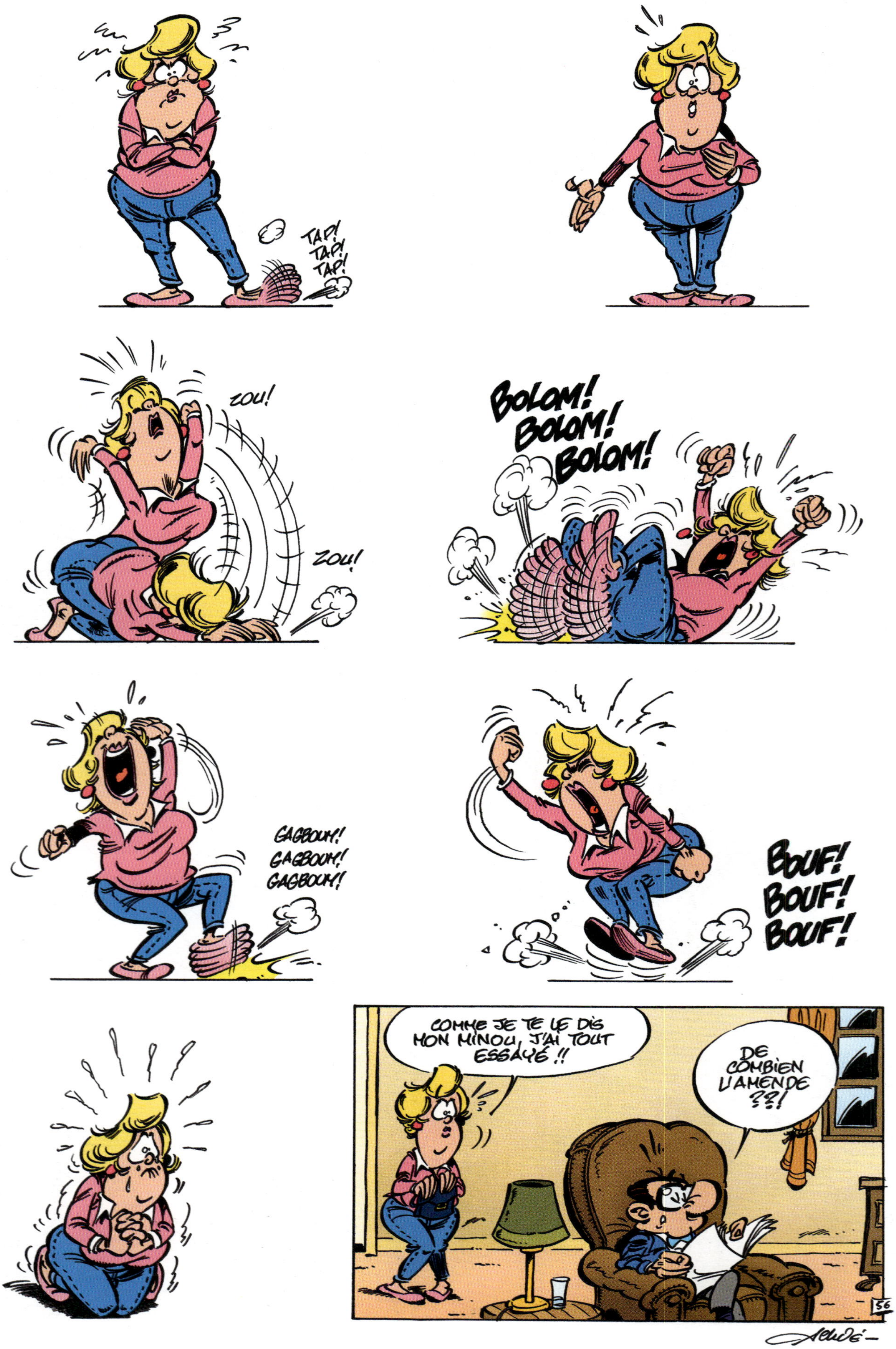
TAP! TAP! TAP!
ZOU!
ZOU!
BOLOM! BOLOM! BOLOM!
GAGBOUM! GAGBOUM! GAGBOUM!
BOUF! BOUF! BOUF!
COMME JE TE LE DIS MON MINOU, J'AI TOUT ESSAYÉ !!
DE COMBIEN L'AMENDE ??!
56

OUAH, LE 4X4, C'EST GÉNIAL !!
ÇA MONTE !
ÇA DESCEND !
ÇA MONTE ...
ÇA DESCEND !
ÇA M... ?!
ÇA DESCEEEEEND
ZOU !
ALORS, ENZO, LA SANTÉ ?!
ÇA MONTE, ÇA DESCEND !

MON P'TIT FRÈRE ADORE LE CINÉMA...
CHUIS PRÊT INDIANA JONES!
...TOUS LES MATINS, EN L'AMENANT À L'ÉCOLE, ON SE RACONTE DES FILMS...
EN AVANT POUR "MISSION IMPOSSIBLE"!!
...ÇA COMMENCE PAR UNE SCÈNE DE "TAXI 2"...
WOUF
POURQUOI TU ROULES À FOND ENZO ?!
DEVINE!!
...PUIS ON JOUE À "URGENCES"...
J'ME SENS MAL ENZO!
OH NON PAS DÉJÀ!!
...ET À "L'ARME FATALE"...
J'VAIS VOMIR ENZO... BURP!
ZOUU
CHUIS FICHU!
BAC
...ENSUITE, ÇA RESSEMBLE À "L'EXORCISTE"...
BLEURK!!
PLOTCH!
...LA DERNIÈRE FOIS, ON A MÊME FAIT "TITANIC"...
BLEEUUURK!
ÇA Y EST ÇA ENVAHIT LE COMPARTIMENT AVANT!
ÉCOLE
...MAINTENANT, JE PRENDS MES PRÉCAUTIONS - ON NE JOUE PLUS QU'À "HANNIBAL LE CANNIBALE"!!
PENSEZ À LUI REMETTRE SON MASQUE QUAND JE VIENDRAI LE CHERCHER!!
?!
ÉCOLE
Achdé

CROiiK!
HUILE
VLAM!
VROAR!
FRRRRRR
ZOU!
OUCH!
BONK!
RADAM!
RADAM!
RADAM!
DONK!
DONK
DONK
DONK
ZWOUF!
... ONCTUEUSE, BATTUE À SOUHAIT, TA MAYONNAISE EST UN DÉLICE!! MAIS COMMENT FAIS-TU MA BICHETTE ?!
HEIN?
65

60°CELSIUS DANS LA BAGNOLE, BONJOUR LA FOURNAISE !!
C'EST LE MOMENT DE SORTIR LA PETITE NOUVEAUTÉ...
HÉ !
... LE SUPER VENTILATEUR "HURRICANE", 6 VITESSES À EFFET HUMIDE ...
LA BÊTE !
... TOUS LES AVANTAGES D'UNE CLIMATISATION SANS PERTE DE PUISSANCE POUR MON BOLIDE ...
HOP ! VITESSE 5, PROGRAMME "BANQUISE" ET À MOI LA FRAÎCHEUR !!
CLIC !
VRRRRR
TCHAC !
?
ACCIDENT DE VOITURE ?!
NON ! ATTAQUE AÉRIENNE !!

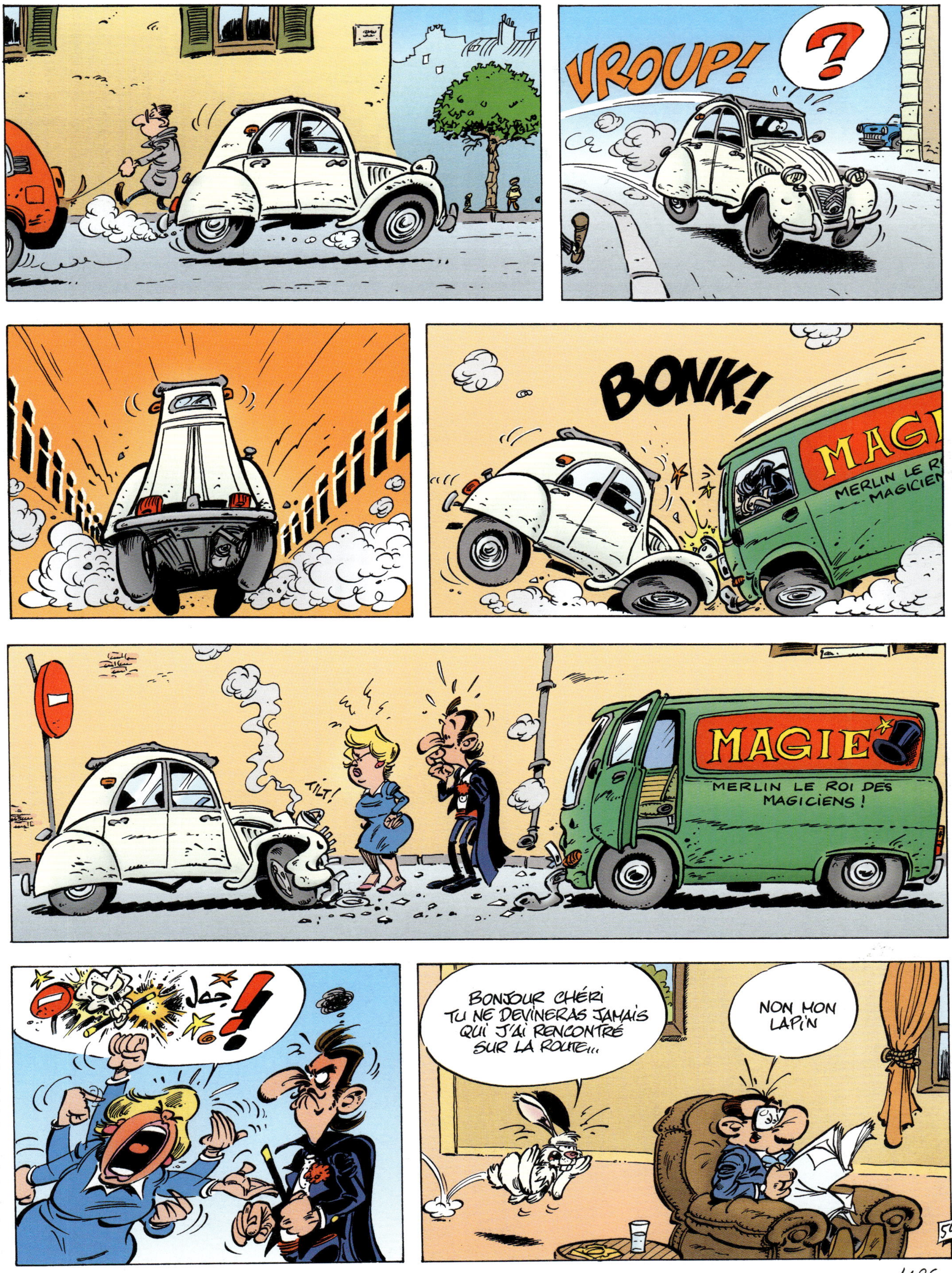

VROUP!
?
BONK!
MAGI
MERLIN LE RO
MAGICIEN
TILT!
MAGIE
MERLIN LE ROI DES MAGICIENS !
BONJOUR CHÉRI TU NE DEVINERAS JAMAIS QUI J'AI RENCONTRÉ SUR LA ROUTE...
NON MON LAPIN
54

BANG
CLASH!
CLING
BALANG
ALLO, "LUHAPRÉS ASSURANCES"? MONSIEUR PTITELIGNE? OUI, BONJOUR, ICI MONSIEUR LERBAG, JE VIENS D'AVOIR UN PETIT ACCIDENT...
NON, NON, JE VOUS RASSURE, JE NE SUIS PAS EN TORT, PAR CONTRE, J'AI UN PETIT SOUCIS...
... J'AI OUBLIÉ MES PAPIERS À LA MAISON, OR JE NE ME SOUVIENS PLUS DU TOUT DU NUMERO D'IMMATRICULATION...
TELEPHONE
... ET ENCORE MOINS DU NUMÉRO DE SÉRIE DE MON VÉHICULE POUR RÉDIGER LE CONSTAT ...
ALLONS NE PANIQUEZ PAS MONSIEUR LERBAG, RELEVEZ CALMEMENT VOS PLAQUES OU REGARDEZ L'INSCRIPTION SUR VOTRE BLOC MOTEUR...
OH JE NE PANIQUE PAS, MAIS ÇA VA ÊTRE DIFFICILE!
TELEPHONE

WOUF
D30
8
TRAVERSÉE D'ANIMAUX DE FERME
?!
OOOOOH!
BOUF
WOSH!
?!
GENDARMERIE
«... ÉVITANT UNE VOLAILLE DISTRAITE, JE TRAVERSAIS SA BASSE-COUR ACCIDENTELLEMENT POUR ALLER ME MANGER UN PANIER À SALADE À LA CORDE DONT LES POULETS ME VOLÈRENT DANS LES PLUMES... »
EUH... TRADUCTION S.V.P ?!
85
Achdé
Jenfevre

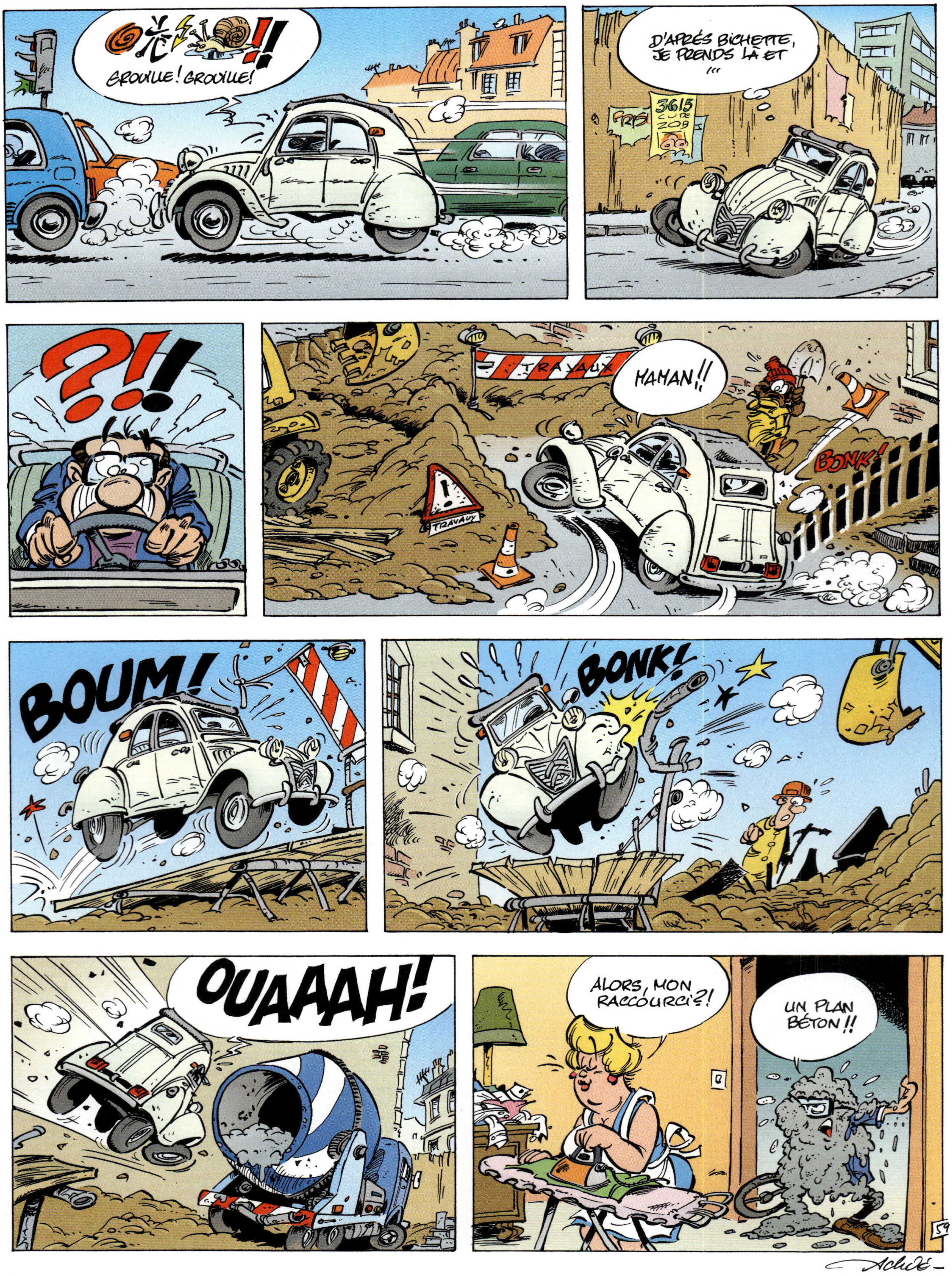
GROUILLE! GROUILLE!
D'APRÈS BICHETTE, JE PRENDS LÀ ET ...
3615 CODE ZOB
?!!
TRAVAUX
MAMAN!!
BONK!
TRAVAUX
BOUM!
BONK!
OUAAAH!
ALORS, MON RACCOURCI?!
UN PLAN BÉTON!!
Achdé

AUTO ÉCOLE
MIS
5 SEMAINES
ALORS, COMME ÇA, ON S'EST FAIT RETIRER LE PERMIS ET ON DOIT REMETTRE ÇA?! PAARFAIT...
OUAAH JOLI PÉDIGREE!
VUS VOS ÉTATS DE SERVICE, ON VA PAS PRENDRE DE RISQUE, ALLEZ HOP! DIRECTION LA "TAPOCOD"...
HEIN?! QUOI? MAIS QU'EST-CE QUE C'EST QUE CETTE BÉTAILLÈRE?!
TANK POUR CONDUCTEUR DU DIMANCHE
BAR du GLOBE
AUTO ÉCOLE
JE CONDUIS QUE LES PETITES BAGNOLES MOI! Z'AVEZ PAS AUT'CHOSE : UNE GOLF GTI, UNE CLIO SPORT, UN ROADSTER BMW À LA LIMITE...
C'EST ÇA OU RIEN!
AUTO ÉCOLE
MAIS... MAIS C'EST MÊME PAS UN TURBO!! EN PLUS C'EST UN DIESEL!!
EXACT! ET RESPECTEZ BIEN LES 20 MINUTES DE PRÉCHAUFFAGE, SINON ELLE BROUTE!!
HÉ?! Y A MÊME PAS DE LEVIER DE VITESSES SUR VOTRE TRACTEUR??
SI, ELLES SONT AU VOLANT MONSIEUR PÉCARI!!
BROM!
AUTO ÉCOLE
ALLEZ CESSEZ VOS ENFANTILLAGES ET DÉMARREZ SINON ON VIENDRA JAMAIS À BOUT DES 40 HEURES DE LEÇON QUE VOUS A IMPOSÉ LE TRIBUNAL!!
40 HEURES ILS M'ONT COLLÉ?!
C'EST ÇA OU PAS DE PERMIS!
ALORS?
J'HÉSITE ENTRE LA BLEUE ET LA ROUGE... EUH... Y'A MOYEN DE METTRE UN POT SPORT LÀ-DESSUS?
SANS PERMIS
SANS PERMIS
125cc
87
Achdé Jenfevre

CRASH-TEST, LE MAGAZINE DE LA SÉCURITÉ ROUTIÈRE...
CLIKETI CLIKETI CLIKETI
62% DES ACCIDENTS EST DU À LA VÉTUSTÉ DES VÉHICULES ET CE, MALGRÉ LA SÉVÉRITÉ DES CONTRÔLES TECHNIQUES!
CLIKETI CLIKETI CLIKETI
... POUR EXEMPLE, VOICI LE RÉSULTAT D'UN ACCIDENT DU À DES FREINS BEAUCOUP TROP ANCIENS...
128, 129, 130, 131...
... À COMPARER À CETTE CATASTROPHE OCCASIONNÉE PAR DES PHARES DE CONCEPTION OBSOLÈTE...
GRAT! GRAT!
ON NOTERA DANS CE NOUVEL EXEMPLE QUE LA CEINTURE DE PREMIÈRE GÉNÉRATION N'A GUÈRE PROTÉGÉE LE PAUVRE CONDUCTEUR, AU CONTRAIRE...
... ET QUE DIRE DE CETTE FAMILLE AUX MEMBRES ARRACHÉS SUITE À UNE SORTIE DE ROUTE CAUSÉE PAR DES AMORTISSEURS DES PLUS ANTIQUES...
CLIC!
TCHAC!
VLAN!
VLAN!
VLAN!
MAIS T'ES DINGUE! QU'EST CE QUE TU FAIS ?!
J'ANTICIPE!
55
Achdé

AUTO ECOLE

UAAAAAAAAAA!
BONK!
AUTO ÉCOLE
CREEE
AUTO ÉCOLE
TRAVAUX
TRAVAUX
TONK!
POC!
POC!
POC!
POC!
AUTO ÉCOLE
59 MINUTES ET 45 SECONDES: ON EST DANS LES TEMPS !!!
P
AUTO ECOLE
VOUS... VOUS AVEZ VU QUOI HIER À LA TÉLÉ ??
"TAXI 2" POURQUOI?
73
Achdé

ET ALLEEEZ! BLOQUÉ DERRIÈRE UN GROS CUL!!
TRANSPORTS Labrel
... EN PLEINE ASCENSION DU COL DE L'IZOARD
... ÇA PROMET SUR 40 BORNES!
... ET AVEC TOUS CES VIRAGES IMPOSSIBLE DE DOUBLER ...
...BIEN AU MILIEU SANS VISIBILITÉ ...
...ET VAS-Y QUE JE TANGUE À GAUCHE...
...ET VAS-Y QUE JE TANGUE À DR...
ATTRAPER LE MAL DE MER À 2800 MÈTRES D'ALTITUDE ÇA J'AVAIS JAMAIS VU!!
BEUH!
SAMU
51

AUTO ÉCOLE

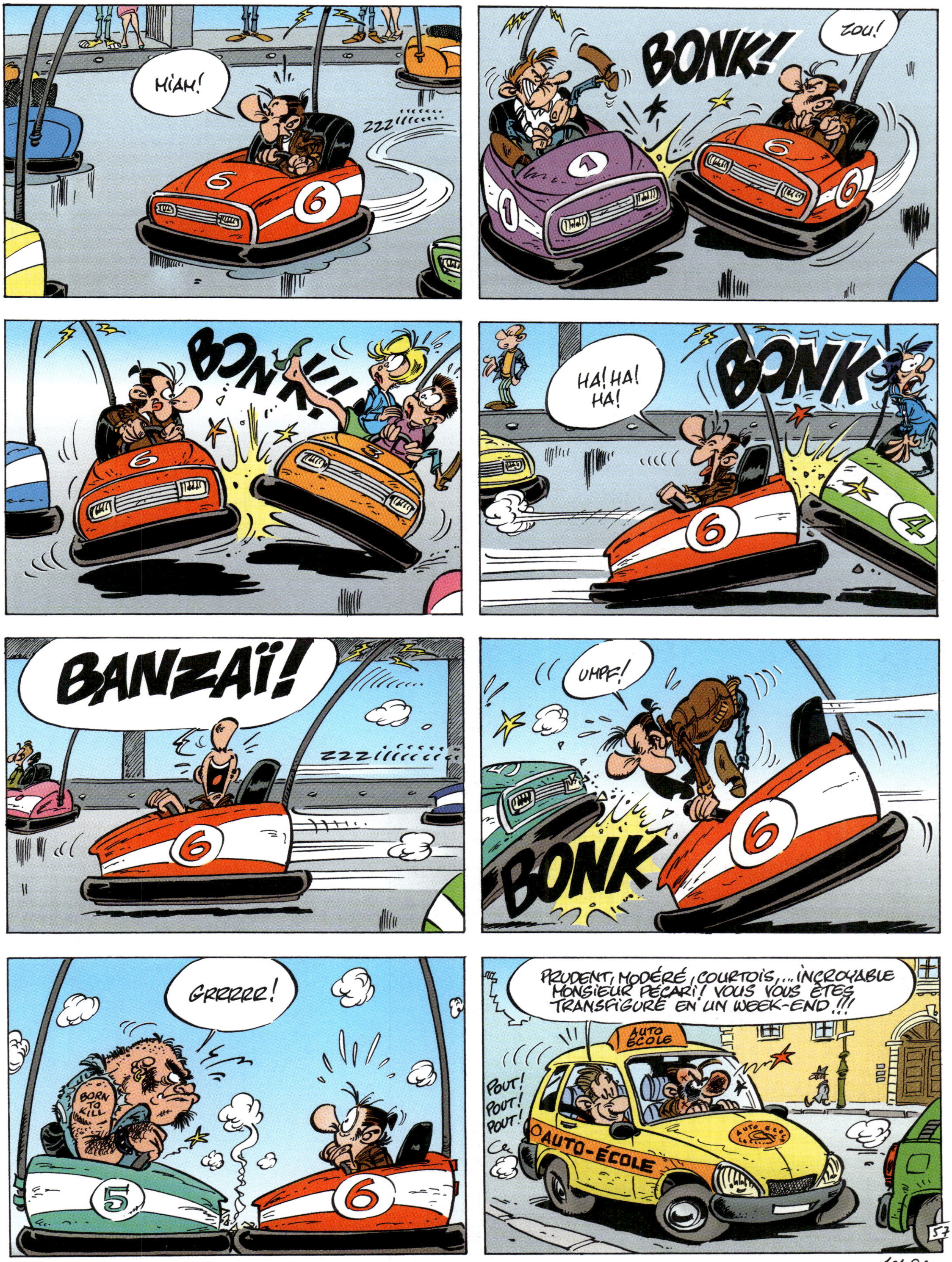
MIAM!
ZZZIIIIII
BONK!
ZOU!
BONK!!!
HA! HA! HA!
BONK
BANZAÏ!
ZZZIIIIII
UMPF!
BONK
GRRRRR!
BORN TO KILL
PRUDENT, MODÉRÉ, COURTOIS,... INCROYABLE MONSIEUR PÉCARI! VOUS VOUS ÊTES TRANSFIGURÉ EN UN WEEK-END!!!
AUTO ÉCOLE
POUT! POUT! POUT!
AUTO-ÉCOLE

Achdé

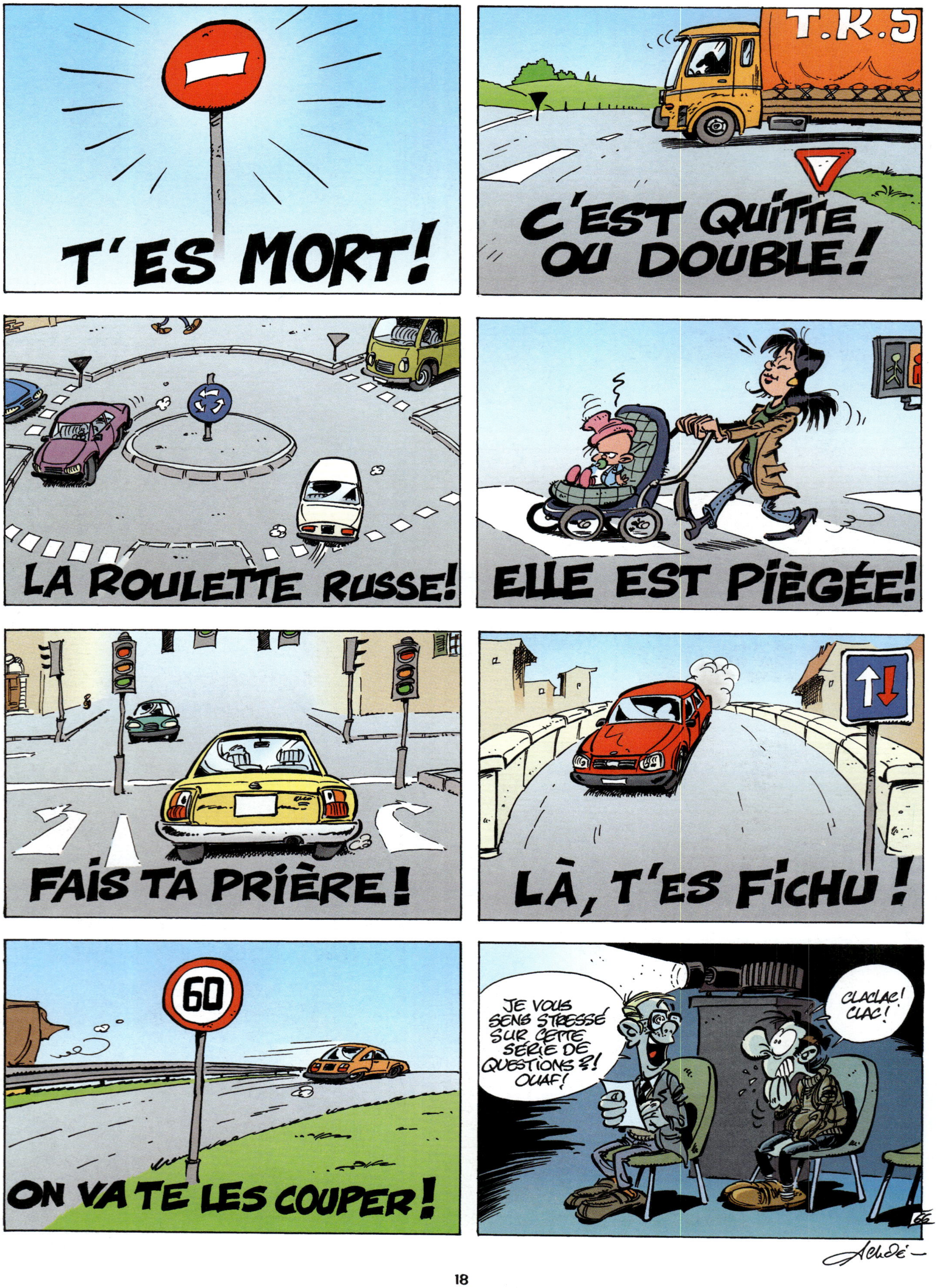
T'ES MORT!
T.R.S
C'EST QUITTE OU DOUBLE!
LA ROULETTE RUSSE!
ELLE EST PIÈGÉE!
FAIS TA PRIÈRE!
LÀ, T'ES FICHU!
60
ON VA TE LES COUPER!
JE VOUS SENS STRESSÉ SUR CETTE SÉRIE DE QUESTIONS ?! OUAF!
CLACLAC! CLAC!

COMME JE TE LE DIS, ATTENDS TU VAS VOIR ...
JE LE CROIS PAS !
POC!
CONTRAVENTION LE 7/03/00 À 13h15
LIEUX:
AGENT Latanche
pneus défectueux
absence de phare dt
QU'EST-CE QUE JE TE DISAIS ! C'EST NOËL !!
ROBERT! VIENS VOIR !!
TOC!
Latanche
pneus défectueux
absence de phare dt
pot d'échappement dangere
(traîne sur le sol
ÉHO! PAS SI VITE!!
DITES-MOI QUE JE RÊVE !!
ET C'EST PAS FINI !
POC!
BING!
Latanche
pneus défectueux
absence de phare dt
pot d'échappement dangereux
(traîne sur le sol)
absence de feu stop
EH! T'AS OUBLIÉ LE CLIGNOTANT DROIT !
HIAN!
ENCORE UN EFFORT ET JE CHANGE DE PAGE !!
QUAND JE TE DIS QUE CETTE VOITURE TOMBE EN RUINE !
POC!
TOC!
Achdé

BRÔÔÔ!
FISSA TRANSPORT
LE PLEIN S.V.P
J'VOUS FAIS LE PARE-BRISE, LES NIVEAUX ET LA PRESSION APRÈS: C'EST GRATUIT
VRÔM!
LE PLEIN S.V.P
J'VOUS FAIS LE PARE-BRISE, LES NIVEAUX ET LA PRESSION APRÈS: C'EST GRATUIT
VROUP!
LE PLEIN S.V.P
J'VOUS FAIS LE PARE-BRISE, LES NIVEAUX ET LA PRESSION APRÈS: C'EST GRATUIT
BRÊL! BRÊL! BRÊL! PÊT!
LE PLEIN S.V.P
EST-CE QUE JE POURRAI AUSSI GONFLER MES PNEUS M'SIEUR?
TU VAS TE SERVIR TOI MÊME ET C'EST 100 BALLES POUR LA PRESSION DE TES PNEUS!!
61
ACHDÉ

BON SANG, UN TRAINARD! CHUIS À LA BOURRE ET JE ME TAPE UNE LIMACE JUSTE AU DÉBUT DE 5 KM DE LIGNE CONTINUE...
OUI, C'EST ÇA COUCOU !!
MAIS ?!
MAIS, IL A BIENTÔT FINI CE SALE MORVEUX!
NOMDEDJIU !!
ALLEZ JE DOUBLE !!
MAMAN!
ALLONS, CESSE DE FAIRE LA GRIMACE, QUAND CE GENTIL GARÇON VIENT TE RENDRE VISITE !!
OUAILLE !!
88
Achdé
Jenfèvre

MAAAZETTE ! C'EST PLUS UNE BAGNOLE C'EST UN AIRBUS TON M.G !
LE TOP DU TOP MON P'TIT ENZO !!
C'EST QUOI CETTE FOIS-CI ? UNE NOUVELLE STÉRÉO, UNE CLIM' AUTOMATIQUE ?
PAS DU TOUT VISE UN PEU L'ÉCRAN...
BAR
...TU AS DEVANT TOI LE DERNIER CRI EN MATIÈRE DE CONDUITE ASSISTÉE PAR ORDINATEUR...
LE G.P.S À MÉMOIRE ÉTALONNÉE !
VROM !
...ASSISTANCE DIRECTIONNELLE PAR SATELLITE MON P'TIT VIEUX AVEC UN PILOTE DE 8 GIGA OCTETS !
ZARMA ! LA CLASSE !!
...UN DISQUE LASER CONTENANT PLUS DE 20 000 CARTES AVEC ROUTES, ACTIVITÉS COMMERCIALES ET LUDIQUES ENREGISTRÉES !!
PFOU !
BRÔÔÔÔÔ
JE SAIS OÙ JE VAIS ET EN PLUS, ÇA MÉMORISE MES MEILLEURS RENCARDS EN DISTANCE, LIEUX ET HEURE. JE PEUX MÊME L'IMPRIMER SUR PAPIER ICI !!
SI JE COMPRENDS BIEN, ON PEUT SAVOIR QUELS SONT TES COINS FAVORIS ET QUAND T'Y VA ?
EXACTEMENT CHEF ! UN VRAI MOUCHARD SON TRUC ! MÊME PLUS BESOIN DE LE FAIRE SOUFFLER DANS LE BALLON !
17H15 : BAR DU GLOBE
18H10 : CAFÉ DES SPORTS
19H30 : AU BEAUJOLAIS...
Achdé 63

AUTO ÉCOLE
VOUS M'ÉTONNEZ MONSIEUR PÉCARI ...
...RESPECT DES DISTANCES DE SÉCURITÉ, OBSERVATION SCRUPULEUSE DU CODE DE LA ROUTE...
...ET SURTOUT SOUMISSION AUX LIMITATIONS DE VITESSE! JE NE VOUS RECONNAIS PLUS...
AUTO-ÉCOLE
CÉDEZ LE PASSAGE
LE REDOUTABLE FÉLIN DU BITUME S'EST MUTÉ EN MOLLUSQUE DU VOLANT !!
VA FALLOIR QUAND MÊME SE RÉVEILLER JEUNE HOMME! VOUS PASSEZ LE PERMIS ET C'EST UN EXAMEN VISANT À TESTER VOTRE APTITUDE À...
AUTO-ÉCOLE
MAIS! IL DORT!
RRRR!
ALORS ENZO, CE PERMIS ?!
RECALÉ! IL M'A DIT: "LA CONDUITE D'UN VÉHICULE EST INCOMPATIBLE AVEC LE MÉTIER DE VEILLEUR DE NUIT!!!"
HALL 1
COULOIR C
GARAGE 2
GARAGE 1
Achdé + Jenfèvre

Station TOTOL
Station TOTOL
LA BOUTIQUE
ET VOILÀ MA BICHETTE ADORÉE ! LE PLEIN EST FAIT !
UN APPÉTIT DE POULET CETTE VOITURE ! UN MAXIMUM DE KILOMÈTRES POUR UN MINIMUM D'ESSENCE !
BRAAAAA
JUSTEMENT, DEPUIS PEU, TU NE TROUVES PAS QU'ELLE SENT L'ESSENCE ?!
BOAH !
...ET PUIS ÉCOUTE, IL Y A COMME UN BRUIT QUAND ELLE ROULE
BONK ! BONK !
MEUH NON, TU TE FAIS DES IDÉES !
BOU

Achdé

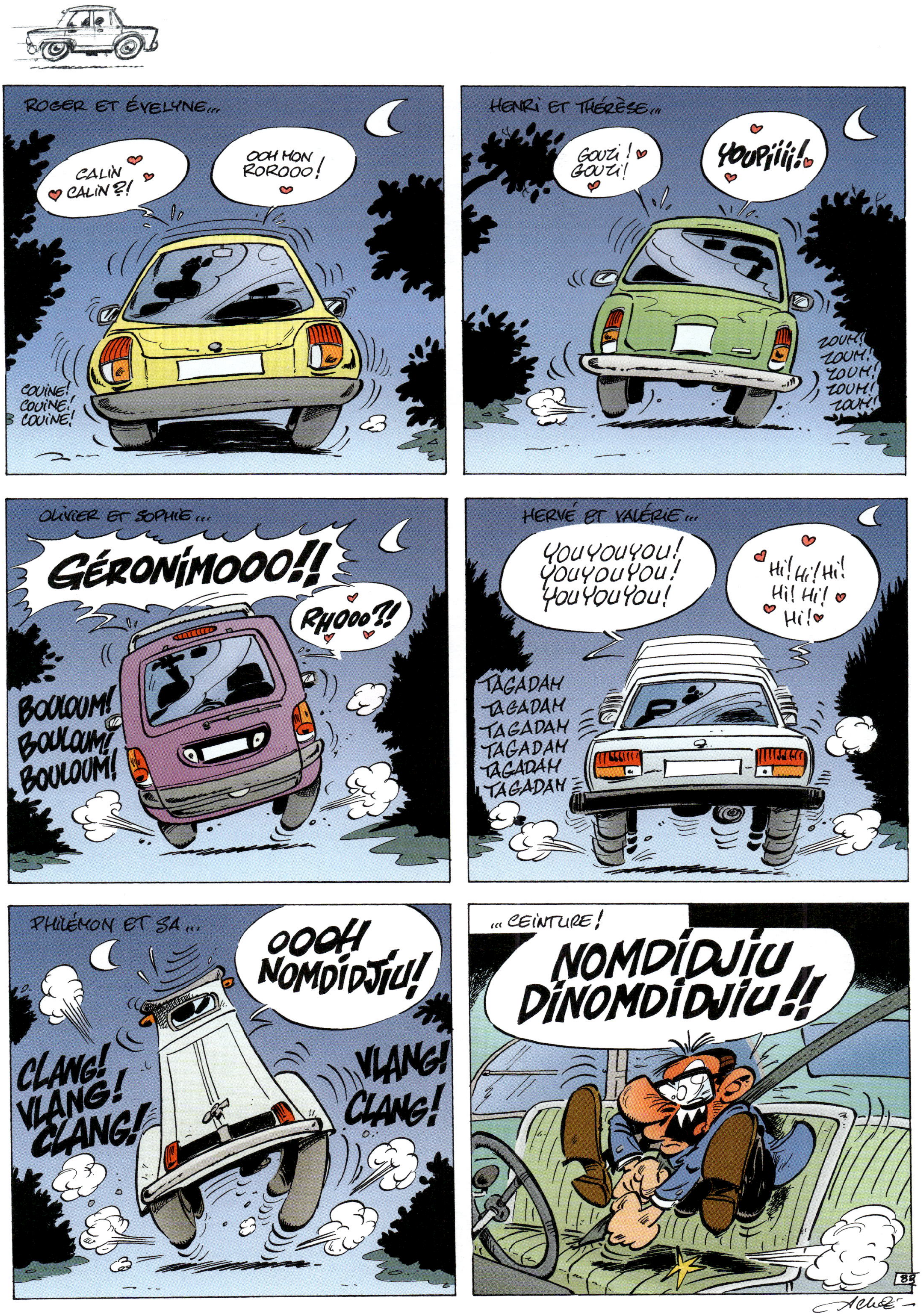
ROGER ET ÉVELYNE...
CALIN CALIN ?!
OOH MON ROROOO !
COUINE! COUINE! COUINE!
HENRI ET THÉRÈSE...
GOUZI ! GOUZI !
YOUPIIII !
ZOUM! ZOUM! ZOUM! ZOUM! ZOUM!
OLIVIER ET SOPHIE...
GÉRONIMOOO !!
RHOOO ?!!
BOULOUM! BOULOUM! BOULOUM!
HERVÉ ET VALÉRIE...
YOUYOUYOU! YOUYOUYOU! YOUYOUYOU!
HI! HI! HI! HI! HI! HI!
TAGADAM TAGADAM TAGADAM TAGADAM TAGADAM TAGADAM
PHILÉMON ET SA...
OOOH NOMDIDJIU !
CLANG! VLANG! CLANG!
VLANG! CLANG!
... CEINTURE !
NOMDIDJIU DINOMDIDJIU !!

... ET VOILÀ LE PÉAGE ET LA DOULOUREUSE QUI S'ANNONCE...
BRAM BRA
SOURIEZ VOUS PAYEZ
QUOI ?!! 180 FRANCS POUR 70 KM AMORTIS ET PAYÉS DEPUIS PLUS DE QUINZE ANS ?!!
QU'EST-CE QUE JE DISAIS !
...ALORS INTERVIENT LE MOMENT DU PAIEMENT...
BON, VOUS PAYEZ COMMENT, C'EST QUE J'ME CAILLE MOI !!
GRMBL !!
MODE DE PAIEMENT N°1 : LE CHÈQUE
JE N'AI PAS DE STYLO, VOUS NON PLUS ?! ÇA COMMENCE MAL !!
MODE DE PAIEMENT N°2 : LE LIQUIDE
BON SANG, DANS QUEL PORTE MONNAIE ELLE A PLANQUÉ LES BILLETS ?
MODE DE PAIEMENT N°3 :
CARTE BLEUE !
DÉSOLÉ, MON LECTEUR EST NAZE
LE RAPIDE : LE PANIER À PIÈCES...
FAUT SAVOIR VISER ! CHUIS PAS BASKETTEUR MOI !
ET LE NEC PLUS ULTRA : LE TÉLÉPAIEMENT ! ÇA MARCHE AU-TO-MA-TI-QUE-MENT !!
SAUF QUAND ON N'A PAS LE BADGE MAGNÉTIQUE !

BOUF!
?
BO... BO!
BRRRR BONK! NACCIDENT!
POC!
?
AREUH... BOBO?
VROOAR ÉÉBONK! CRASH!
?!
T'AS BOBO?
BANG!
VROOOO
?!
EUH... PAS DE BOBO?!
TOI, TU ME CHERCHES !!

POF!
COMMENT ?! JE NE SUIS PAS MORT ??
TOI NON, LA VOITURE OUI !!

CUISINIER...
JUSTE MARIÉS!
FLEURISTE...
JUSTE MARIÉS!
TAILLEUR...
Juste Mariés
PAPETIER...
JUSTE MARIÉS
MERCIER...
JUSTE MARIÉS!
ENZO PÉCARI...
JUSTE MARIÉS

Spitfire
HAMBURGER
NOS HAMBURGERS SONT AÉRI
ÉCRASÉ PAR UN AVION DE LA SECONDE GUERRE MONDIALE SUR LE PARKING D'UN FAST-FOOD, MON ASSUREUR NE ME CROIRA JAMAIS !!
67
Achdé

L'IMMENSITÉ DE L'OUEST AUTHENTIQUE...
...ELLE EST LÀ, SEULE, DÉSEMPARÉE FACE À CE BEAU COMPAGNON DÉSORMAIS INSOUMIS...
AU PIED YOUKI!
PEUH!
...SON CHEVAL, SON AMI, SA CONQUÊTE SE REFUSE À PRÉSENT...
OOOH BONNE MÈRE!
...ALORS, PLEINE D'ESPOIR, ELLE SE TOURNE VERS L'ULTIME RECOURS... LUI!!
...LA LÉGENDE DES PLAINES, LE SOLITAIRE AU REGARD DOUX...
...IL EST CELUI QUI SOUMET L'INDOMPTABLE, APAISE LE REBELLE, IL EST... "L'HOMME QUI MURMURE À L'OREILLE DES CHEVAUX"!
?
...CALMEMENT IL S'APPROCHE, ET AVEC TENDRESSE, IL SUSSURE À LA NOBLE MONTURE...
POF!
MAIS TU VAS DÉMARRER EN
RÉ DE BOURRIN!
NOMDIDJIU!
PAF!
PROUT!
45
Achdé

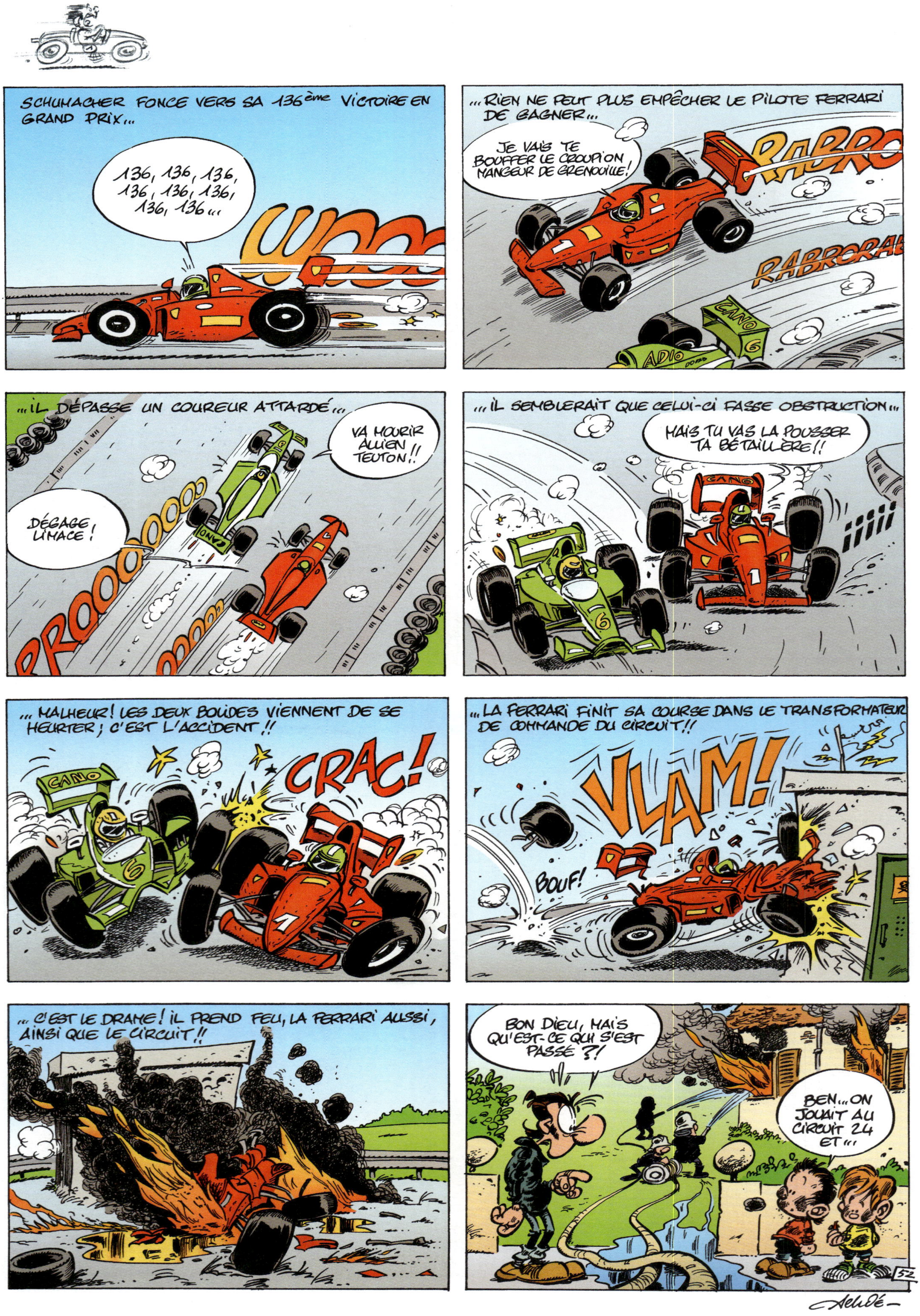
SCHUMACHER FONCE VERS SA 136ème VICTOIRE EN GRAND PRIX...
136, 136, 136, 136, 136, 136, 136, 136...
...RIEN NE PEUT PLUS EMPÊCHER LE PILOTE FERRARI DE GAGNER...
JE VAIS TE BOUFFER LE CROUPION MANGEUR DE GRENOUILLE!
RABRORAB
CANO
ADIO
...IL DÉPASSE UN COUREUR ATTARDÉ...
VA MOURIR ALLIEN TEUTON!!
DÉGAGE LIMACE!
PROOOOOOOO
...IL SEMBLERAIT QUE CELUI-CI FASSE OBSTRUCTION...
MAIS TU VAS LA POUSSER TA BÉTAILLÈRE!!
...MALHEUR! LES DEUX BOLIDES VIENNENT DE SE HEURTER; C'EST L'ACCIDENT!!
CRAC!
...LA FERRARI FINIT SA COURSE DANS LE TRANSFORMATEUR DE COMMANDE DU CIRCUIT!!
VLAM!
BOUF!
...C'EST LE DRAME! IL PREND FEU, LA FERRARI AUSSI, AINSI QUE LE CIRCUIT!!
BON DIEU, MAIS QU'EST-CE QUI S'EST PASSÉ ?!
BEN... ON JOUAIT AU CIRCUIT 24 ET...
52
Achdé

BON ! FAIRE LE PLEIN, MA FILLE, ÇA N'A RIEN DE BIEN COMPLIQUÉ ! MON PHILOU M'A TOUT EXPLIQUÉ ...
BB
BB
PLAISIR D'ESSENCE
BRAT! BRAT!
DÉJA, SE GARER AVEC LE BOUCHON DU BON CÔTÉ ...
BRAT!
... BIEN DÉROULER TOUT LE TUYAU POUR NE PAS QU'IL FROTTE SUR LA PEINTURE ...
ZOU!
ZIIIIIII
IL M'A BIEN DIT DE NE PAS ENFONCER LE PISTOLET À FOND, COMME ÇA ON PEUT METTRE PLUS D'ESSENCE ...
GALOUP GALOUP GALOUP GALOUP GALOUP
QUAND C'EST FINI, LEVER LE TUYAU BIEN HAUT POUR RÉCUPÉRER TOUT LE CARBURANT QU'ON A PAYÉ ...
PLIC! PLOC! PLIC! PLOC! PLIC!
... NE PAS OUBLIER LE BOUCHON SUR LA POMPE, LE COUP CLASSIQUE ...
IL PENSE À TOUT MON PHILOU!
BB
IL M'A D'AILLEURS DIT DE REDÉMARRER EN DOUCEUR POUR NE PAS REMUER LES IMPURETÉS QUI PEUVENT FAIRE DU MAL À MON PETIT CARBURATEUR!
RHEU RHEU
RHEU RHEU
... ET NE JAMAIS METTRE DE DIESEL DANS UN MOTEUR À ESSENCE IL NE VOUS L'A JAMAIS DIT VOT' MARI ?!!
PSCHIIIIIII
TILT!!
82
Achdé + Jenfèvre

ZONE RÉSERVÉE AUX CABRIOLETS SPORTS ROUGES
180
VITESSE MINIMUM AUTORISÉE SUR CE TRONÇON DE ROUTE DÉPARTEMENTALE
$TOP
DISTRIBUTION DE POINTS POUR LE PERMIS
VÉ LA GONZESSE !!
H
C'EST LÀ QU' TU VAS T' RETROUVER SI TU TOUCHES À MON AUTORADIO !
BIBINE
PINARD
BOIRE EST DANGEREUX
LA PREUVE:
LE BEAUJOLAIS NOUVEAU EST TELLEMENT ARRIVÉ QUE MA FEMME EST PARTIE !!!
RÉFLÉCHISSEZ !
SENS GIRATOIRE POUR PAS QUE LES PNEUS SOIENT BOUFFÉS QUE D'UN COTÉ
PAS MAL TROUVÉ, HEIN? ET J'AI PLEIN D'AUTRES IDÉES ...
MINISTÈRE DES TRANSPORTS
VOTRE MOTIVATION À TRAVAILLER CHEZ NOUS SEMBLE SOLIDE, CEPENDANT, J'AI UN DOUTE QUANT À VOTRE ENTIÈRE ADAPTATION À NOS OBJECTIFS
RECRUTEMENT
AH BON ?!
84
Achdé + Jenfèvre

ZAPHAA! ! "DU 1er JUILLET AU 15 JUILLET, ROULEZ EN CABRIOLET SPORT GRAND LUXE TOUT UN WEEK-END POUR 349 FRANCS TTC !! LOCATION À L'AGENCE RENTEUH CARE ...
ALORS LÀ ENZO, POUR TON WEEK-END, C'EST DANS LA POCHE - J'EN CONNAIS QUI VONT BAVER !!
AILLE OUILBI ZE KING OF ZE PLAGE !!
TOUT À FAIT CHER MONSIEUR! BMW, LANCIA, MERCÉDÈS, LOTUS PORSCHE, CHEVROLET ... VOUS ALLEZ CHOISIR TOUT DE SUITE, TENEZ TAPEZ VOTRE CODE
20 M3
15 M3
349 Frs TTC
À CE PRIX-LÀ, ÇA DOIT CARTONNER VOTRE PROMO!
ÇA N'ARRÊTE PAS !!
TCHAC! TCHAC! TCHAC!
HA! D'AILLEURS JE NE VOUS MENS PAS, JE VOIS QUE LA BÉHÈME A DÉJÀ ÉTÉ RÉSERVÉE ...
LA LOTUS AUSSI, CORVETTE, LANCIA IDEM, LE SPIDER ALPHA AUSSI ... VOYONS MERCÉDÈS MAIS ....
... NE VOUS INQUIÉTEZ PAS NOUS AVONS 48 VÉHICULES AU GARAGE : DANS TOUS LES CAS, VOUS REPARTIREZ AVEC UN MODÈLE ÉQUIVALENT ...
RENTEUH CAR
NOTRE NOUVEAU 15m3
RC
LES PLAGES
TU PARLES D'UN MODÈLE ÉQUIVALENT !!

OUAH ! VISE UN PEU LA SUPER NANA SUR L'AFFICHE !
PEN
RA
SÉ
?
ET MERDMERDMERD...
CRASH !
PENSEZ À ELLE
RALENTISSEZ !
SÉCURITÉ ROUTIÈRE
AAAH BRAVO !
62
Achdé

BON ALORS, ON A UNE VALISE AVEC TOUS LES HABITS ET UNE MALLE AVEC LES SOUS-VÊTEMENTS ...
EXACT !
... UN SAC AVEC LES TROUSSES DE TOILETTE...
... ET MA MALETTE DE MAQUILLAGE...
N'OUBLIE PAS
LE MATELAS DE PLAGE, ON L'A PRIS ?!?
OUI, OUI, IL EST AVEC LE PARASOL ET LE CERF VOLANT ...
AH ! LA CHAISE LONGUE... C'EST À PEU PRÈS TOUT ...
LES PLAGES
BON ALLEZ !! ET N'OUBLIEZ RIEN !!!

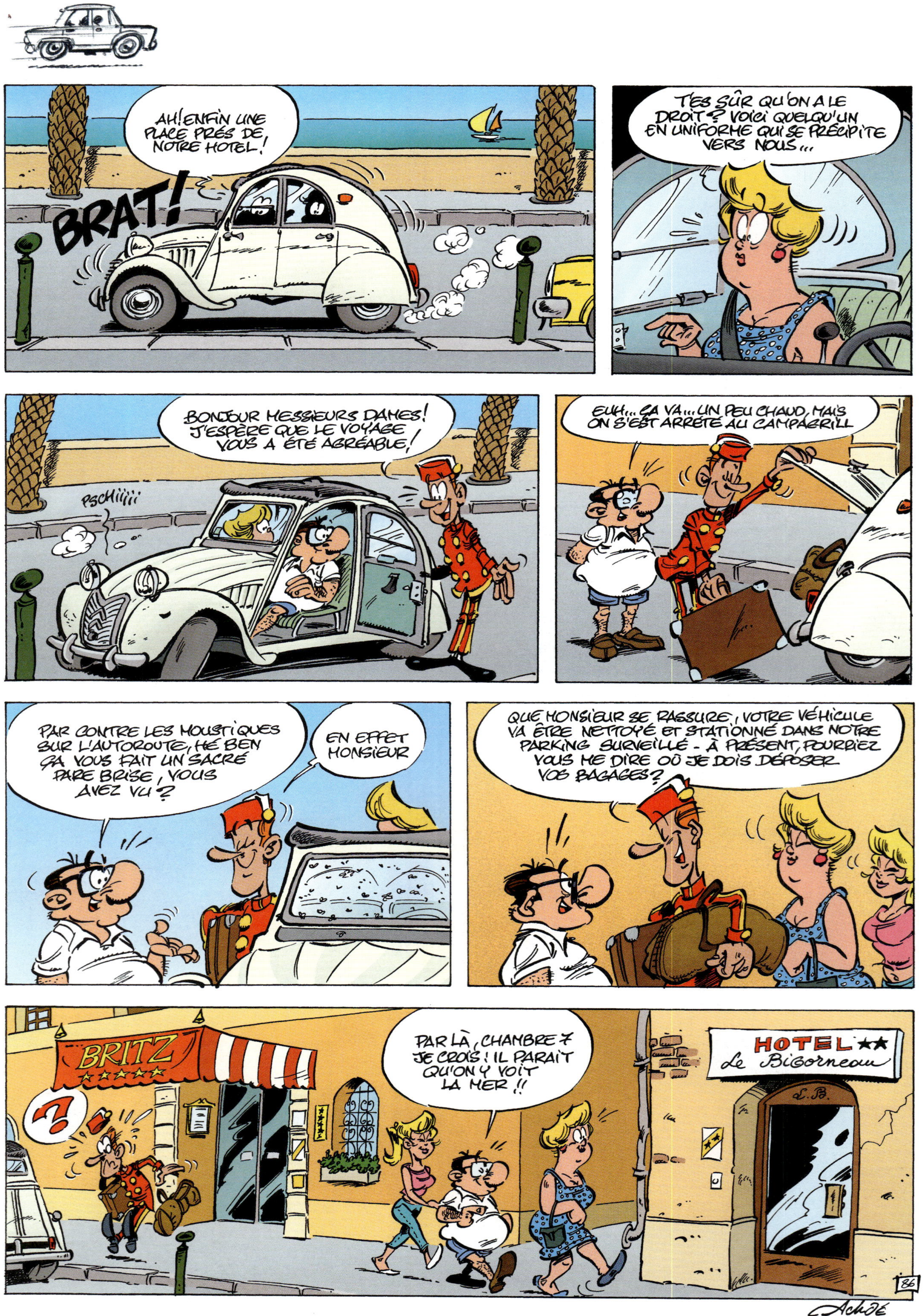

Achdé
Jenfèvre

HOTEL
LE BIGORNEAU
AUJOURD'HUI BAIGNADE LES ENFANTS
CHIC!
HOLA! C'EST DÉJÀ PLEIN DE MONDE!
COPACABANA
UNE DEMIE-HEURE QU'ON TOURNE ET AUCUNE PLACE EN VUE...
BON ÇA SUFFIT! CHANGEMENT DE TACTIQUE! ON SE DÉGOTTE UNE PETITE CRIQUE SAUVAGE RIEN QUE POUR NOUS!!
CLAC!
ENFIN! LE PARADIS!
N'OUBLIE PAS LA GLACIÈRE MA BICHETTE...
ON SE DEMANDE CE QUI POUSSE LES GENS À S'ENTASSER SUR D'IMMENSES PLAGES AMÉNAGÉES ?!?
LA MARÉE!
BLOB! BLOB! BLOB!

BON, ON Y VA ?! ON EST GARÉ À PERPETTE, JE NE SUIS PAS MARATHON-MAN MOI !!!
5F
TOUT À 50 F
OH ! MON MINOU, C'EST NOTRE DERNIER JOUR ICI, ON POURRAIT RAMENER QUELQUES SOUVENIRS NON ?
HEIN, DIS ?!
5F 10F
ET PUIS ON EST EN VOITURE, ON PEUT RAMENER DES CHOSES ...
GRMMBL !
ÇA VA PAS NOUS GÊNER P'PA !
SHOP
SURF
TU N'Y EST PAS DU TOUT, CE QUI ME GÊNE, C'EST LE CHIFFRE À QUATRE NUMÉROS QUE J'AI ÉCRIT SUR LE CHÈQUE
VOLEURS !!
LA VOITURE ! ELLE EST OÙ ?!
NAPU !!
MA... TITIIIINE SNIF !
BALLON
WANTED
RASSUREZ-VOUS, NOUS AVONS L'HABITUDE EN CETTE SAISON, NOUS AVONS MÊME UNE CONSIGNE ET MON COLLÈGUE S'OCCUPE DE VOS BILLETS DE TRAIN ...
LA CONSIGNE, C'EST 5 FRANCS PAR PAQUETS ...
Achdé + Jenfevre

C'EST GENTIL À VOUS DE ME DÉPOSER À MON TRAVAIL...
BOAH, C'EST SUR MON TRAJET M'SIEUR LERBAC...
ET PUIS VOUS ALLEZ POUVOIR DISTRAIRE MON PETIT PASSAGER...
UN PARENT À VOUS ?
C'EST MON P'TIT COUSIN, JE LE RAMÈNE CHEZ SA MÈRE...
J'INSTALLE LE P'TIT ET ON Y VA...
GA!
?
ATTENTION BÉBÉ À BORD
ATTENTION BÉBÉ À BORD!
DITES, POURQUOI VOUS AVEZ PLACÉ L'AUTOCOLLANT ICI ET NON SUR LE PARE-BRISE À L'ARRIÈRE ?
BUH!
PAF!
VOUS ALLEZ COMPRENDRE PENDANT LE TRAJET

BROOO
CLAC! CLAC! CLAC!
BRAM
BRÔÔÔÔ...
CLAC! CLAC! CLAC!
BRAAP
CLAC!
TCHAC!
...AUSSI VOUS NE VOUDRIEZ PAS LAISSER UNE VEUVE ET UNE ORPHELINE POUR UN MALHEUREUX BOULON MAL SERRÉ...
QUOI ?! 12000 FRANCS POUR SOUDER TOUS LES BOULONS ?!
ROL
PSCHiiiiii
TU PEUX PAS COMPRENDRE!

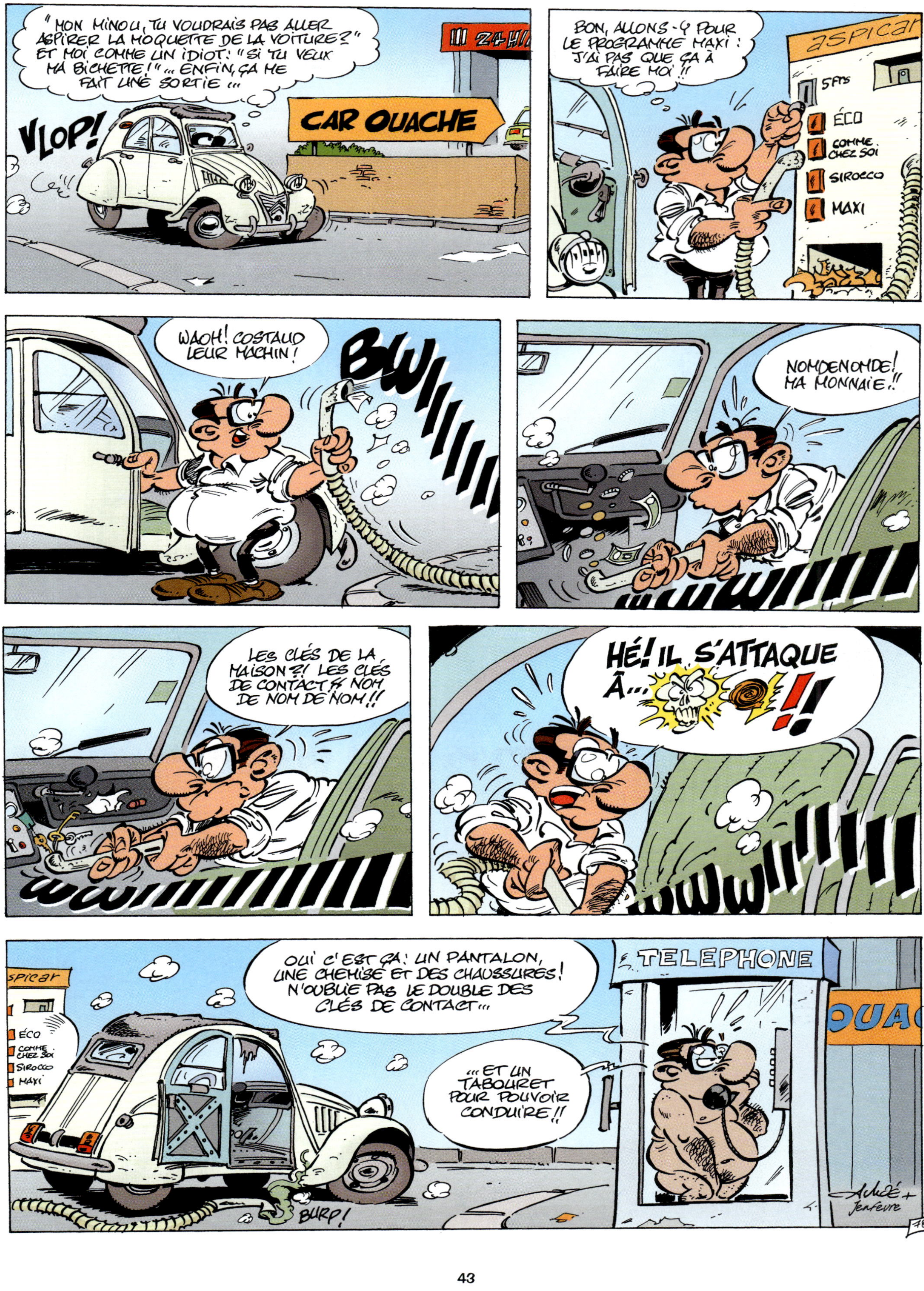
"MON MINOU, TU VOUDRAIS PAS ALLER ASPIRER LA MOQUETTE DE LA VOITURE?" ET MOI COMME UN IDIOT: "SI TU VEUX MA BICHETTE!"... ENFIN, ÇA ME FAIT UNE SORTIE...
24H
VLOP!
CAR OUACHE
BON, ALLONS-Y POUR LE PROGRAMME MAXI: J'AI PAS QUE ÇA À FAIRE MOI!!
aspicar
5 Frs
ÉCO
COMME CHEZ SOI
SIROCCO
MAXI
WAOH! COSTAUD LEUR MACHIN!
BWIIIIII
NOMDENOMDE! MA MONNAIE!!
WWWIIIIII
LES CLÉS DE LA MAISON?! LES CLÉS DE CONTACT?! NOM DE NOM DE NOM!!
WWWIIIIIIII
HÉ! IL S'ATTAQUE À...!!
WWWIIIII
TELEPHONE
OUI C'EST ÇA: UN PANTALON, UNE CHEMISE ET DES CHAUSSURES! N'OUBLIE PAS LE DOUBLE DES CLÉS DE CONTACT...
...ET UN TABOURET POUR POUVOIR CONDUIRE!!
aspicar
ÉCO
COMME CHEZ SOI
SIROCCO
MAXI
OUAC
BURP!
Achdé + Jenfèvre
78

ALORS TOI ET TES IDÉES FARFELUES ....
SORTIR ET ROULER PAR UN BROUILLARD À COUPER AU COUTEAU!
... ET TOUT ÇA POUR ALLER AU RESTO...
DIS, ÇA POUVAIT PAS ATTENDRE?
ATTENTION! PAS AU RESTO! DANS UNE PETITE AUBERGE AU POIL QUE J'AI DÉGOTTÉ ET QUE JE VEUX ABSOLUMENT TE FAIRE DÉCOUVRIR MA BICHETTE!!
MIAM!
... ET PUIS LA CONDUITE DANS LE BROUILLARD NE ME POSE AUCUN PROBLÈME ...
QUAND JE FAISAIS MON SERVICE MILITAIRE ON ME SURNOMMAIT LE "PÉRISCOPE DU VOLANT"!
TIENS BICHETTE ON EST D'AILLEURS ARRIVÉ!!
OUF!
RESTAURAN
LE SAVOI
ALORS, C'EST PAS SYMPA UNE BONNE SOIRÉE PIERRADE?
75

BAMBOO
TINKIKAILLE!
ZZZWWWIIIIIIP!
?
ÇA A MÊME GELÉ !!
ÉVIDEMMENT LA SERRURE EST BLOQUÉE...
MAIS ENZO PÉCARI, LUI NE SERA PAS BLOQUÉ PAR LE GEL ! IL EN FAUDRAIT PLUS POUR L'ARRÊTER !!
UN BÊTE BRIQUET SUFFIT !!
TCHIC!
FLASHE!
LÀÀÀ, BIEN PRÈS DE LA SERRURE...
TRIIIIIIIIII
ON LE TIENT!
ALLO LE COMMISSARIAT? JE CROIS QU'ON TIENT NOTRE DÉLINQUANT QUI INCENDIE LES BAGNOLES...
BOUGE PAS LANDRU !!
LICE
Alidé + Jenfèvre

MON MINOU, J'AI TROIS NOUVELLES À T'ANNONCER: UNE BONNE ET DEUX MAUVAISES....
D'ABORD LA BONNE: J'AI CALÉ, MAIS JE N'AI PAS NOYÉ LE MOTEUR...
FANTASTIQUE!
LES MAUVAISES: LE FREIN À MAIN VIENT DE LACHER ET JE NE SAIS PLUS FAIRE UN DÉMARRAGE EN CÔTE!!
COL DU VERTIGE
CRRRR
CRRR
1

WOOUF